孩ㄏㄞˊ子ㄗˇ們ㄇㄣˊ

一ㄧ喵ㄇㄧㄠ

怕寂寞的人

二ㄦˋ喵ㄇㄧㄠ

愛吃鬼

三ㄙㄢ喵ㄇㄧㄠ

最愛畫畫的孩子

四ㄙˋ喵ㄇㄧㄠ

愛睡的人

五ㄨˇ喵ㄇㄧㄠ

最喜歡電車

找ㄓㄠˇ找ㄓㄠˇ看ㄎㄢˋ吧！

謎ㄇㄧˊ樣ㄧㄤˋ的ㄉㄜˊ學ㄒㄩㄝˊ生ㄕㄥ

他ㄊㄚ會ㄏㄨㄟˋ不ㄅㄨˋ時ㄕˊ的ㄉㄜ
出ㄔㄨ現ㄒㄧㄢˋ在ㄗㄞˋ故ㄍㄨˋ事ㄕˋ裡ㄌㄧˇ
大ㄉㄚˋ家ㄐㄧㄚ可ㄎㄜˇ以ㄧˇ
找ㄓㄠˇ找ㄓㄠˇ看ㄎㄢˋ喔ㄛ！

會出沒在各個角落

登場人物

喵太魯刑警

不管是什麼案件，都能迎刃而解喔，到我手上，喵～

不管是什麼案件，
都能喵速破案的可靠刑警

媽媽

喵太魯刑警的太太
原本是女警
擅長裁縫

麵包貓熊刑警

Delicious

最喜歡埋伏
最愛吃菠蘿麵包

喵太魯刑警

圖文・川田邦子
譯・何姵儀

綠丘小鎮有位喵太魯刑警，
不管是什麼樣的案件，
都會喵速為大家解決喔！

喵太魯刑警
今天一早
就要去埋伏。
正當趕著
把飯吃完時,
媽媽不知道
拿了什麼東西過來。

嚼嚼嚼

我還要
一碗——

2

「爸爸，你拜託我做的喵波君鑰匙圈做好了喔！」

「謝謝你！喵——」

喵太魯刑警好像要用這個喵波君鑰匙圈來辦案。

交通安全的公仔

孩子們的我也做了喔♪

我的褲子

紅白兩色對比真的很美

找找看吧！

喵太魯刑警
和家裡的
五個孩子
吃飽之後，
就到洗臉臺去。

答案在下一頁

咦咦咦？
怎麼有的地方
跟右頁
不一樣呢？
大家找找看
有哪五個地方
不一樣吧！

找到了嗎？

1 衛生紙少了一捲。

廁所沒有衛生紙了！

誰是最後一個上廁所的人？

2 蜘蛛不見了。

早上看到蜘蛛會有好事發生喔！

3 喵太魯刑警的頭髮分線跑到另外一邊了。

照鏡子的話，頭髮的分線會跑到另外一邊喔！

4 領帶不見了。

上班不能不打領帶。

喵——

5 手錶不見了。

是誰在搞怪！喵——

6

爸爸，我幫你綁在手機上喔！

「就讓我喵速的
把手錶找出來
給大家看吧！喵——」

喵太魯刑警
開始在家裡
進行搜查。

不管是什麼案件，
到我手上
都能迎刃而解喔，

喵——

可是……
他卻一直
找不到手錶。

有布丁

要是被媽媽
發現手錶不見
那就完蛋了。喵

「真是棘手，喵——」

喵

可是
提到孩子……
他們好像
在玩
捉迷藏！

找找看吧！

孩子和手錶在哪裡呢？

一喵　　二喵　　三喵　　手錶

四喵　　五喵

答案在最後一頁

「這不是我的手錶嗎？喵──」

原來在布娃娃的手上！

為了找出惡作劇的犯人，喵太魯刑警開始進行調查。

我有看到三喵在摸布娃娃喔。

過沒多久三喵就自首了。

手錶跟喵波君很配♪

誠實就好

對不起！

「喵速破案。喵──」

一回神，沒想到已經這麼晚了！媽媽急急忙忙的把孩子送出門。

超過八點了！趕快！

爸爸，傍晚要記得帶孩子去上游泳課喔！

出門了

11

因為快來不及了，
所以喵太魯刑警
與孩子們
決定抄小路，
從後山走過去。

今天的
游泳課
有晉級
考試喔

開始

12

可是這一路上
都是雜草與木頭，
「沒想到反而
是在繞遠路，
喵——」

的迷宮喔！

就讓我們從起點朝終點前進吧！

答案在最後一頁

終點

13

好不容易把孩子送到學校的喵太魯刑警，

要是看到有人需要幫忙……

絕對不會置之不理。

實在是本輕鬆了♪

喵—跑過馬路—

終於趕上了

這一路上為了幫助別人，

謝謝你

天哪，這麼多人！

大家請到這裡排隊

STAFF

16

這樣根本就無法前進。

有幾個人物很可疑喔。

喵—

找找看吧！

找出人群中的可疑之處吧！

❶ 那種耳機是聽不到音樂的唷！

❷ 戴的帽子感覺好像會亂動喔！

❸ 這有辦法看見嗎？好像不太容易。

❹ 看起來好像很好吃是沒錯，可是這有辦法遮陽嗎？

❺ 原本以為是兔子，可是耳朵卻不一樣喔！

← 答案在下一頁還有最後一頁

好不容易抵達現場時，搭檔麵包貓熊刑警已經在那裡等了。

交通安全秀

交通安全

讓你久等了

下次請你早點來，好嗎？

找到了嗎？

1 耳機是菠蘿麵包。

現在流行菠蘿麵包喔

4 甜甜圈雨傘。

遮陽吧
甜甜圈不能

2 把龜吉放在頭上。

我的搭檔是龜吉！
不是菠蘿麵包喔

5 頭上戴的是香蕉。

哎唷

3 報紙拿反了。

拿反了啦

好啦，該回歸正題了。

18

好，今天也要喵速的抓到犯人。喵——

一聽到喵太魯刑警的吶喊聲，麵包貓熊刑警他……

我要去埋伏了。喵——

太好了

才不過一轉眼，整個現場就不見他的蹤影。

Let's go——

你要去哪裡

喵——

20

男人承認他是犯人了。

喵波君，真的很對不起。誰叫我只要一看到喵波君就會忍不住……

真不愧是喵太魯刑警，破案真是喵速！

「一切都要歸功於媽媽親手製作的鑰匙環。喵——」

不管是什麼案件，到我手上都能迎刃而解喔，

喵——

Police

222

Thank you

太厲害了！

23

正當綠丘小鎮
終於重拾平靜的時候，

咦？

怎麼有幾個傢伙
鬼鬼祟祟的呢？

他們會被還在埋伏的
麵包貓熊刑警發現嗎？

還是會被
正開著警車的
喵太魯刑警
看到呢？

24

牛奶和菠蘿麵包就好比喵太郎刑警與我，是最佳拍檔。

找找看這三個可疑人物吧！

找找看吧！

答案在下一頁
還有最後一頁

把偷來的麵包藏在肚子裡的狐狸夫人。

哎呀，討厭啦！

本來想去銀行搶錢，卻因為肚子痛而跑去借廁所的熊五郎。

我可以借廁所嗎

偷來的滑板停不下來，只好出聲求助的蝸牛兒。

停下來

其實找到這些冒冒失失、楞頭楞腦的犯人的人……

26

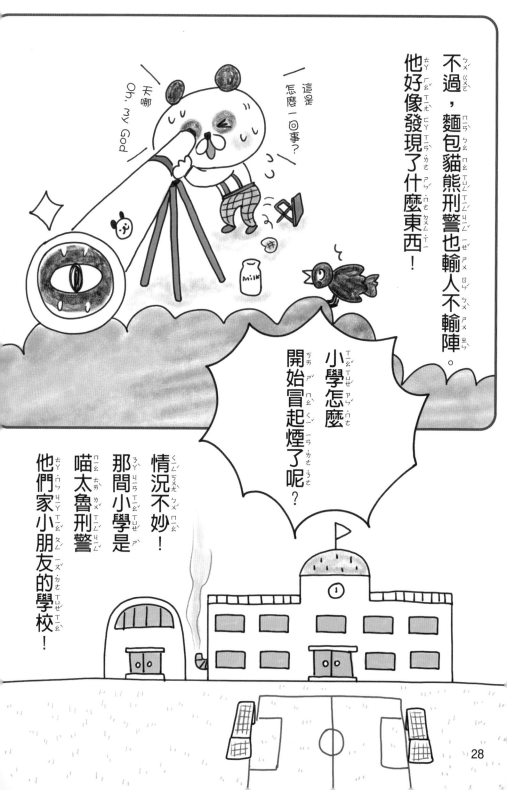

不過，麵包貓熊刑警也輸人不輸陣。他好像發現了什麼東西！

天哪
Oh, my God

這是
怎麼一回事？

小學怎麼
開始冒起煙了呢？

情況不妙！
那間小學是
喵太魯刑警
他們家小朋友的學校！

Milk

28

情況雖然危急……

可是仔細一看煙是從烹飪教室冒出來的。

今天是吃咖哩！好羨慕喔！

看來不是什麼緊急情況。

在美術教室裡的是喵太魯刑警他們家的一喵，

你畫的好棒喔！太酷了！

樓上的教室裡有四喵喔！

四喵又在打瞌睡了……

喵太魯刑警與麵包貓熊刑警在小學前面會合。

是什麼樣的事件呀？

喵——

喵太魯刑警……老實告訴你，二喵與五喵他們班好像有人被霸凌了。

我只聞到咖哩的香味，喵——

32

一踏進小學……

兩人來到位在二樓的二年三班教室前。

有個小老鼠男生被包圍了。

「逮到案發現場了。衝進去吧！喵——」

34

35

36

一問之下，原來是啾太帶來的打餐帽及圍裙不見了。

嚼嚼嚼

原來如此

打餐帽及圍裙原本是……

輪到打餐的人週末要帶回去的。

把它洗乾淨之後，隔週的週一再帶到學校來。

可是我洗了之後真的有帶來呀！

37

教室牆上的打餐袋從2號一直掛到10號

2號到10號的打餐袋都在，就代表啾太用的應該是寫上1號的打餐袋。喵——

嗯嗯

嚼嚼

我看啾太的樣子，
並不覺得
他在說謊⋯⋯

我明明一大早
就掛在1號
這個地方的⋯⋯

「讓我來
幫你解決問題吧，喵——」

不管是什麼案件，
都能迎刃而解喔，
到我手上，
喵——

喵太魯刑警
決定動手搜查。

耶——
耶——

爸爸
好帥喔！

39

聽到騷動的校長來了。

我們學校的小朋友發生什麼事了嗎？

膽戰心驚

我正準備進行調查呢，喵——

心裡頭只掛念著營養午餐香味的麵包貓熊刑警說：

「校長，學校到處都是午餐的香味，這樣不行喔！

會沒有辦法專心工作的！」

才這麼一喊，肚子就開始咕嚕嚕咕嚕嚕叫。

Oh, my God

咕嚕嚕嚕嚕——

你們難得來，那就跟我們一起吃營養午餐吧！

於是喵太魯刑警與麵包貓熊刑警決定接受校長的好意，和大家一起吃午餐！

耶——我要吃

喵——真的不好意思。

大家都在幫忙
準備午餐喔！
今天的菜色是
咖哩飯、牛奶，
還有飯後點心橘子。

找找看吧！

❶ 有人還沒拿到牛奶喔！

❷ 有小朋友不是吃咖哩飯。

❸ 已經有小朋友開始在吃咖哩飯了。

❹ 你這點心也拿太多了吧？

❺ 完了，打翻了！

答案在最後一頁

不愧是喵太魯刑警，竟然開始默默進行打餐袋的調查工作。

我穿最大的L號

我穿最小的S號

我穿中間的M號

我原本要穿S號的打餐圍裙，可是不見了

二喵原本要穿的S號打餐圍裙是1號吧，喵——

說到麵包貓熊刑警……他整個人好像只在意咖哩飯。

I'm hungry

44

一吃完飯，搜索工作就開始進行。先從教室開始……

沾上咖哩醬的菠蘿麵包實在是太棒了♪

虎 小兔雄

10 花栗男

喵太魯刑警！
你看花栗男
真的畫得很棒！

教室裡展示了
各式各樣的東西。
出色的作品還不少呢！

興奮

So cool──

真的不錯

喵

47

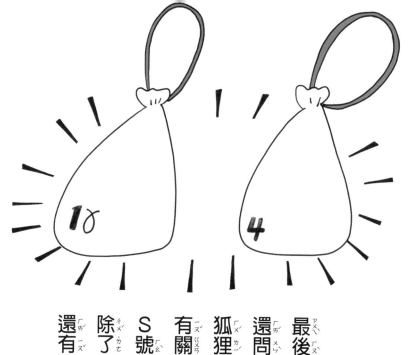

最後麵包貓熊刑警

還問了2年3班導師

狐狸老師

有關打餐袋的尺寸。

S號的打餐袋

除了1號，

還有4號和10號。

嗯嗯

工友
三田村先生說
他有看到啾太拿
打餐袋來學校。

S號是……
4號和10號……
咦咦？喵──

那個眼神不是
說謊的眼神喔

你看，喵──

嗯？

喵太魯刑警
好像察覺到
不對勁的事了？

51

Oh,
my God!

喵太魯刑警
突然跑到
教室後面，
探身注視
花栗男的畫。

爸爸，
你為什麼
對這幅畫
有興趣呢？

53

才剛吃飽就找你
真是不好意思。
花栗男小朋友，
你有細字的
簽字筆嗎？喵──

花栗男
大吃一驚。

結果麵包貓熊刑警
從花栗男的書桌裡
找到了一支
細字簽字筆。

找到了──

This is
a pen!

不要亂翻
人家的桌子啦！

54

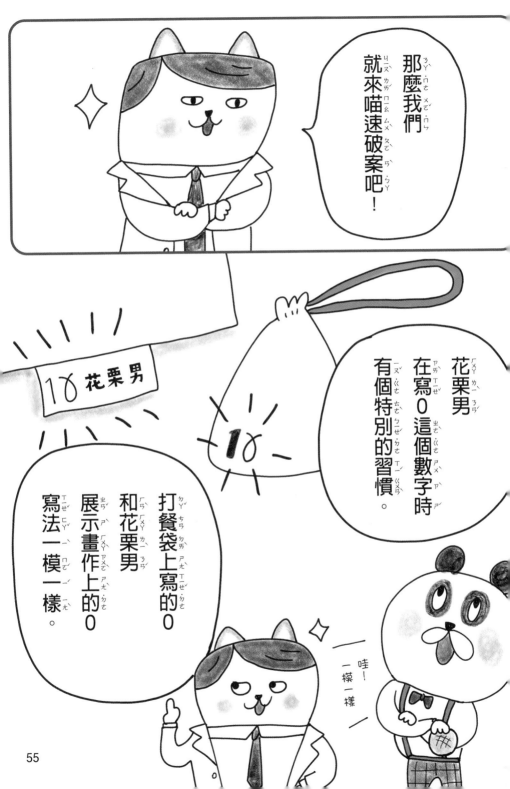

我認為花栗男為了隱瞞自己忘記帶10號打餐袋這件事，故意用自己的那支細字簽字筆在1號的打餐袋上加個零。

這樣我就可以維持沒有忘記東西的紀錄了！

花栗男

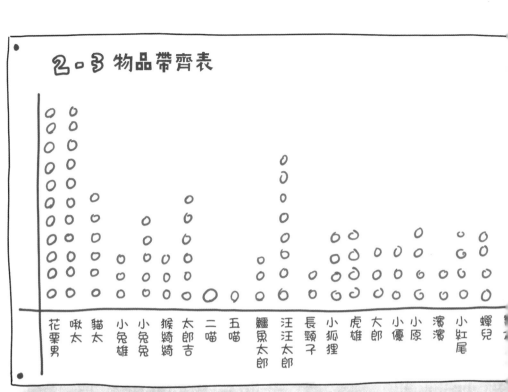

2-3 物品帶齊表

花栗男 啾太 貓太 小兔雄 小兔兔 猴嗬嗬 太郎吉 二喵 五喵 鱷魚太郎 汪汪太郎 長頸子 小狐狸 虎雄 大郎 小優 小原 演演 小虹尾 蟬兒

被人揭穿把戲的
花栗男
承認這件事
是他做的。

對不起。
一想到東西全帶的紀錄
會輸給啾太，
我就忍不住……

57

不管是什麼案件，到我手上都能迎刃而解喔，喵——

不過花栗男答應我以後不會再犯了。

其實失敗正是成功之母，所以說，失敗是很重要的。喵——

你好棒喔♪ So cool！

對不起，我不該懷疑你的

Don't mind

我們為什麼老是忘東忘西的呢

58

「我懂你想要維持
沒有忘記帶東西
這個紀錄的
心情喔！」
這麼說的啾太
原諒了花栗男。

好貼心的話喔。
心都暖了起來
沒關係啦
對不起

Don't mind
忘記帶東西

破案之後，
喵太魯刑警
與麵包貓熊刑警
回到了
警察署⋯⋯

喵太魯刑警
要不要
也來一個呀？

不用了，喵

辛苦了

綠丘小鎮
警察署

春季交通
安全運動

59

我要開始審問
今天抓到的
犯人了喔！

菠蘿麵包！

對不起

這麼多
麵包叫你吃
得下嗎
喵——

最後的審問
一結束，
喵太魯刑警
突然慌張了起來。

「糟了！
要帶小孩
上游泳課的時間
到了。喵——」

糟糕喵！

拿(ㄋㄚˊ)到(ㄉㄠˋ)麵(ㄇㄧㄢˋ)包(ㄅㄠ)了(˙ㄌㄜ)！

喵太魯刑警把
帶孩(ㄏㄞˊ)子(˙ㄗ)去(ㄑㄩˋ)上(ㄕㄤˋ)游(ㄧㄡˊ)泳(ㄩㄥˇ)課(ㄎㄜˋ)
這(ㄓㄜˋ)件(ㄐㄧㄢˋ)事(ㄕˋ)
忘(ㄨㄤˋ)得(˙ㄉㄜ)一(ㄧˋ)乾(ㄍㄢ)二(ㄦˋ)淨(ㄐㄧㄥˋ)。

「快(ㄎㄨㄞˋ)一(ㄧˋ)點(ㄉㄧㄢˇ)，喵(ㄇㄧㄠ)——麵(ㄇㄧㄢˋ)包(ㄅㄠ)貓(ㄇㄠ)熊(ㄒㄩㄥˊ)刑(ㄒㄧㄥˊ)警(ㄐㄧㄥˇ)！」
「嗯(ㄣˋ)？我(ㄨㄛˇ)也(ㄧㄝˇ)要(ㄧㄠˋ)去(ㄑㄩˋ)嗎(˙ㄇㄚ)？」

61

今天是每兩個月
就會舉行一次的
晉級考試日。
沒有去考的話
就完蛋了。

因為

媽媽她……

你忘記
有游泳課了……

什麼……

62

一到游泳池，
趕緊讓孩子們
換上泳衣

換好了

四喵別睡了！

呼一呼一

去上課囉——！

勉強趕上
上課時間，
終於可以
鬆一口氣。

順利送孩子
去上游泳課的
兩個人，
到游泳池上的
家長等待區。

結果

麵包貓熊刑警
突然大叫：
「喵太魯刑警！
游泳池有條內褲
浮在上面！」

就累了
休息喔！

交通安全

64

仔細一看，內褲在這裡游啊游，在那裡飄啊飄。

終於發現那條好像在游泳的內褲了。

喵到？

喵

這真的很可疑。麵包貓熊刑警，麻煩你去逮捕那條內褲。

什麼！我去嗎……

我察覺到案件的氣息了。

喵

Me？

我們等等要回收危險物，喵——請大家迅速離開游泳池。

喵——

喵——我是警察。

不管是什麼案件，到我手上都能迎刃而解喔，喵——

喵太魯刑警先讓大家到安全地方避難。

再請麵包貓熊刑警
穿上潛水衣——

很適合你

希望不是炸彈⋯⋯

確定所有人
都安全避難之後，
「逮捕內褲作戰」
就正式啟動了喔！

小心喔
喵

收到

69

結果
内褲裡頭……

敬馬喜 ❤

Oh, my God

偷看

police

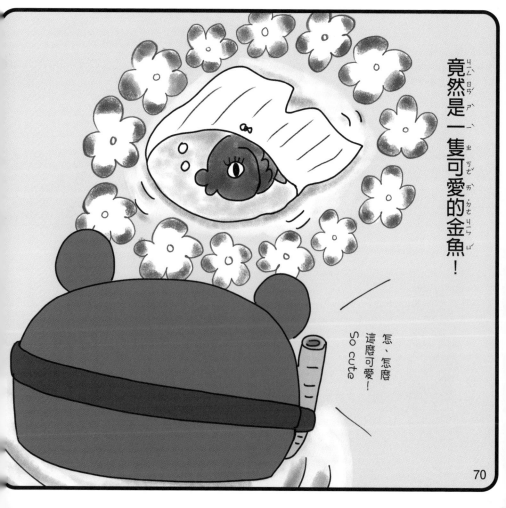

竟然是一隻可愛的金魚！

怎、怎麼
這麼可愛！
So cute

70

這個時候負責打掃的山羊山先生來了。

引起騷動真不好意思。內褲裡的小朋友是我們家的小金。

「那麼這條內褲是山羊山先生的嗎？」

「沒錯，是我的。」

山羊山先生滿臉歉意。

噢，內褲

噢，內…

噢，內褲

「我們家的小金一直吵著要去游泳池，可是我一直買不到適合小金穿的泳衣，只好……」

我想跟大家一起游泳！

真是麻煩

淚眼汪汪

聽你這麼一說，我確實沒看過呢，喵──

喵太魯刑警試圖思考讓小金到游泳池游泳的方法。

「對了！那就拜託擅長縫紉的媽媽幫小金做一件泳衣吧！喵──」

大家都高舉雙手，表示贊成！

Nice idea

贊成──！

當晚和媽媽商量過後，媽媽非常樂意幫這個忙。

好想趕快把這件泳裝做完喔！

雀躍不已♪

73

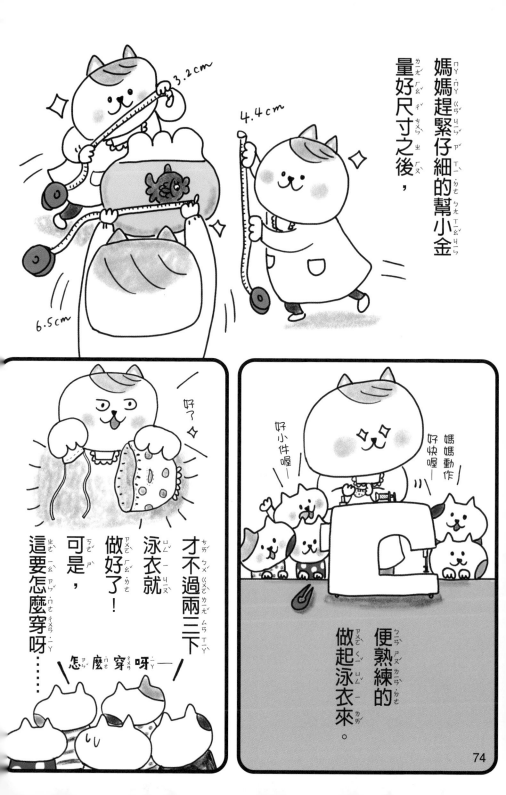

媽媽趕緊仔細的幫小金量好尺寸之後，

3.2cm

4.4cm

6.5cm

媽媽動作好快喔——

好小件喔

便熟練的做起泳衣來。

好了✦

泳衣就做好了！

才不過兩三下

可是，這要怎麼穿呀……

怎麼穿呀——

74

所以媽媽稍微修改了一下……

媽媽趕緊讓小金試穿，
可是怎麼好像大一號呢？

天哪，好可愛喔！
真的很適合他。

於是

大家立刻跟
小金約好下次
放假的時候要一起去游泳池。

第2體育館

交通安全

到了放假的那一天，大家都來到游泳池了。
小金也和大家一起開心的游泳呢！
山羊山先生看了之後，喜極而泣。

找找看吧！

找出下列這五個東西喔！

菠蘿麵包

五喵的電車

草帽

跳繩

網球

答案在最後一頁

76

回到家之後，大家紛紛跟媽媽報告小金的事。

「媽媽的縫紉手藝總是能幫我解決問題。

喵——」

不管是什麼東西我都做得出來喔！

謝謝妳

媽媽好棒喔

她很開心喔

被大家稱讚到開心的不得了時，媽媽突然想起一件事。

「對了，前一陣子的晉級考試結果如何？」

考過了嗎？

這個金魚徽章已經別了一年了……

喵太魯刑警因為內褲騷動而完全忘記要告訴媽媽晉級考試停辦這件事……

「下次考過就好了……」

孩子們沒人敢吭聲。

就當我沒問吧

好想趕快看到飛魚徽章喔……

媽媽妳要不要吃布丁呢

雖然無法參加晉級考試，但是所有案件全都喵速的解決了，喵——大家就安心的睡個香甜的覺吧！

不管是什麼案件，到我手上都能迎刃而解喔，喵……嗯嗯嗯嗯

故事結束

找找看吧！

棉被的圖案裡混著小金的模樣喔！ ←答案在最後一頁

 童心園 234

喵太魯刑警
にゃんたる刑事

作、繪者 川田邦子
譯者 何姵儀／責編 鄒人郁／封面設計 黃淑雅／內文排版 連紫吟・曹任華
語文審定 張銀盛（台灣師大國文碩士）／童書行銷 張惠屏・吳冠瑩
出版者 采實文化事業股份有限公司
業務發行 張世明・林踏欣・林坤蓉・王貞玉／國際版權 王俐雯・林冠妤
印務採購 曾玉霞／會計行政 王雅蕙・李韶婉・簡佩鈺
法律顧問 第一國際法律事務所 余淑杏律師／電子信箱 acme@acmebook.com.tw
采實官網 http://www.acmestore.com.tw／采實文化粉絲團 http://www.facebook.com/acmebook
采實童書FB https://www.facebook.com/acmestory/
ISBN 978-986-507-748-8／定價 320元／初版一刷 2022年4月
劃撥帳號 50148859／劃撥戶名 采實文化事業股份有限公司
地址 104臺北市中山區南京東路二段95號9樓／電話 (02)2511-9798／傳真 (02)2571-3298

 采實出版集團
ACME PUBLISHING GROUP

找到了嗎?

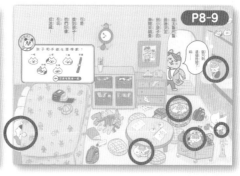

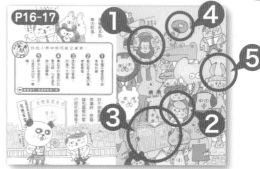

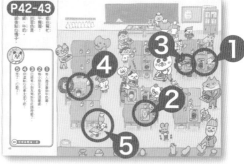

想到了嗎？

問ㄨㄣˋ題ㄊㄧˊ

填ㄊㄧㄢˊ寫ㄒㄧㄝˇ在ㄗㄞˋ
方ㄈㄤ格ㄍㄜˊ中ㄓㄨㄥ的ㄉㄜ˙
是ㄕˋ什ㄕㄣˊ麼ㄇㄜ˙字ㄗˋ呢ㄋㄜ˙？

。 □ 糕ㄍㄠ

。 □ 麵ㄇㄧㄢˋ包ㄅㄠ

。 烏ㄨ □

。 荔ㄌㄧˋ枝ㄓ □

。 □ 鏡ㄐㄧㄥˋ

。 □ 大ㄉㄚˋ鏡ㄐㄧㄥˋ

？糕
荔枝？
？麵包

你要是
我就給你
答對了，

菠蘿麵包

答ㄉㄚˊ案ㄢˋ：

土司麵包　荔枝糕（或蛋糕）

烏龜　　　墨鏡

眼鏡　　　放大鏡